Construyendo el carácter

Ser optimistas

por Penelope S. Nelson

Bullfrog
en español

Ideas para padres y maestros

Bullfrog Books permite a los niños practicar la lectura de texto informativos desde el nivel principiante. Las repeticiones, palabras conocidas y descripciones en las imágenes ayudan a los lectores principiantes.

Antes de leer

- Hablen acerca de las fotografías. ¿Qué representan para ellos?
- Consulten juntos el glosario de fotografías. Lean las palabras y hablen de ellas.

Durante la lectura

- Hojeen el libro y observen las fotografías. Deje que el niño haga preguntas. Muestre las descripciones en las imágenes.
- Léale el libro al niño o deje que él o ella lo lea independientemente.

Después de leer

- Anime al niño para que piense más. Pregúntele: Ser optimistas nos puede ayudar durante los tiempos difíciles. ¿Puedes recordar algún momento en que permaneciste optimista?

Bullfrog Books are published by Jump!
5357 Penn Avenue South
Minneapolis, MN 55419
www.jumplibrary.com

Library of Congress Cataloging-in-Publication Data is available at www.loc.gov or upon request from the publisher.

ISBN: 978-1-64527-030-0 (hardcover)
ISBN: 978-1-64527-031-7 (paperback)
ISBN: 978-1-64527-032-4 (ebook)

Editor: Jenna Trnka
Designer: Michelle Sonnek
Translator: Annette Granat

Photo Credits: Samuel Borges Photography/Shutterstock, cover; Syda Productions/Shutterstock, 1; sirikorn thamniyom/Shutterstock, 3; PR Image Factory/Shutterstock, 4, 23bl; Sergey Novikov/Shutterstock, 5, 23br; Lopolo/Shutterstock, 6–7; somethingway/iStock, 8–9, 23tl; wavebreakmedia/Shutterstock, 10–11; Veja/Shutterstock, 12; LightField Studios/Shutterstock, 13; matooker/iStock, 14–15; Jacek Chabraszewski/Shutterstock, 16; Hill Street Studios LLC/Getty, 17, 23tr; gostua/Shutterstock, 18–19; Darrin Henry/Shutterstock, 20–21; Roman Samokhin/Shutterstock, 22 (card); FabrikaSimf/Shutterstock, 22 (markers); Ranta Images/Shutterstock, 24.

Printed in the United States of America at Corporate Graphics in North Mankato, Minnesota.

Tabla de contenido

Permanezcamos positivos

¡Seamos optimistas!

¿Cómo?

Pensemos de forma positiva. ¡Tengamos esperanza!

Tina es nueva
en la escuela.

¿Hará amistades?

¡Sí!

Max canta.

Una buena autoestima ayuda.

Canta lindo.

¡Bien hecho, Max!

Jorge tiene una prueba.

¿Está preocupado? No.

Estudió.

¡Está preparado!

Adam tiene miedo.

¿Podrá entrar al equipo?

Su papá habla con él.
Le ayuda a tener esperanza.
¡Qué bonito!

A Sara le toca batear.

¡Ella puede lograrlo!

bate

Hoy hay un concurso de ortografía.
Las amigas de Dana la animan.

¡Vamos, Dana!

¡Ella se siente confiada!

La perra de Marcos
se perdió.

Marcos no se desanima.

La busca.

¡Ahí está Luna!

Luna

¡Ten esperanza!

¡Tú puedes lograrlo!

¿Cómo puedes ayudar a los demás a permanecer optimistas? ¿Conoces a alguien que necesite un poco de ánimo? ¿Es una amistad tuya? ¿Algún miembro de tu familia? ¡Haz una tarjeta para esa persona! Escribe palabras de ánimo en la tarjeta. ¿Qué hacen bien? ¡Diles! Ayúdalos a ser positivos. ¡Recuérdales que permanezcan optimistas!

Glosario de las fotografías

autoestima
Un sentimiento de amor propio y respeto por ti mismo.

confiada
Creer firmemente en tus propias habilidades.

optimista
Creer que las cosas saldrán bien.

positivos
Confiados y entusiastas.

Índice

Para aprender más

Aprender más es tan fácil como 1, 2, 3.

1. Visite www.factsurfer.com
2. Escriba "seroptimistas" en la caja de búsqueda.
3. Haga clic en el botón "Surf" para obtener una lista de sitios web.